川柳
にんげんのうた

若林柳一川柳句集

Senryu ningen no uta

Wakabayashi Ryuichi SENRYU Collection

新葉館eブックス

川柳にんげんのうた ■ 目次

風の章　ユーモアはビタミン　5
花の章　愛燦々　41
海の章　いのちの祭り　83
夢の章　朱鷺よ舞え　119
あとがき　125

川柳句集

川柳にんげんのうた

風の章

ユーモアはビタミン

通知表親に似てきて叱られる

大脳の目方を辞書に量られる

孫の名を読むには足りぬ国語力

人の名が脳から行方不明です
大脳に休耕田が増えてくる
書き順の違う漢字の不整脈

代役をこなすうそ字の名演技

日記帳うそ字がイビキかいている

疲れました象形文字に還ります

手拍子をくださいい一句できそうだ

いい句だぞサランラップをかけておく

脳みそがポトリと落ちた一句です

丁度いい脳でぐっすり眠れます

よくデイトします右脳と左脳です

採血に抜かれたらしい物忘れ

すぐ居なくなる万札の浮気性
万札よボクとダブルス組みましょう
一行を使うほどでも無い利息

誘い合うランチ噂もバイキング

贅肉が私に無断駐車する

決心が箸に届かぬダイエット

前進の合図だ妻が飯を盛る

前へならえ前に居たのは妻でした

盗塁のサイン妻から来たメール

ハンカチにときどき妻の声がする

交渉人の顔だな妻が酌をする

買う話妻のサヨナラ勝ちになる

食器棚妻の兵器が積んである

皿はみなＣＤ妻のうたがある

晩酌の手酌へ妻のトークショー

給料日妻に渡したのは夕陽

よく笑う妻だへそくりきっとある

マイナンバー妻は他人と知りました

胃袋の中でも回る寿司の癖

日めくりにみんな三食付いている

飯三度食べます今日の予定です

平成を昭和のダシで煮ています

約束をしてたカツオと昆布だし

酢をすこし入れてみましょう妥協案

買ってきた皿に料理を審査され

箸置きに渡す料理の通知表

足し算と引き算冴える塩糀

日に一度酒に胃腸を診てもらう

さかずきの深さは今も分からない

酒にあるブレーキ踏み間違えました

本当の齢を鏡が間違える
お化粧の鏡が示す妥協案
この人のソトヅラ見たくなる鏡

俺だってハイブリッドです飯と酒

飯二杯マニュアル通り生きている

旧式の拳で部品ありません

老いてなどいない熟しているのです
人生の煮こごりですね老いの知恵
皺いいえ苦楽のビデオテープです

独り居の遊びはパントマイムです

ひとりしか知らぬ鏡と住む独り

独りですカーテン開けて閉めました

ゼンタイトマレ欲望だけが駆けて行く
にんげんの喜劇を欲が書いてゆく
身の丈を超すにんげんの欲の丈

欲望が一番酸素吸っている

欲望の重ね着ですね宝くじ

欲と見栄人が造花になっていく

ミサイルだいいえ人指し指でしょう
人指し指よまっすぐ飛ぶんだよ
握手した人差し指に鬼が居た

にんげんの味見ただいま握手中

言葉尻背中に指紋付けられる

さかずきの中で野焼きをしています

肩書きも資産も脱がす聴診器

打ち水に地球説得されている

もういいかい二回まわってきた噂

神様に貰った老いという喜劇

パンの耳です補聴器買いました

消費税抜くと善人ですわたし

抱擁をずっと待ってた影法師

ＳＰに連れる私の影法師

履く靴に本人確認されている

わたくしも散りたいのです造花です

次の方どうぞ来たのは冬でした

速達よ一時停止はしましたか

かくれんぼですから墓は要りません

人が良く見えます棒になってから

絆ですよね鎖じゃないですよね

ゼロ一つ読まずマネキン脱がされる

眠気さす脳に布団が敷いてある

グラマーが男の脳で脱がされる

直線よ野菜をもっと食べなさい

信号は守ってますか唐辛子

時間外手当を稼ぐ昼の月

イケメンを見つけた順にバラが咲く

散るときのポーズは決めてある造花

背伸びして寝相を一度消しておく

腹時計ぴったり合っている夫婦
これは愛重量挙げをしています
オクサマと呼ばれて旅が好きになる

優しさの賞味期限はいつですか

誕生日加齢お見舞い申し上げ

財布へのストーカーですね消費税

花の章

愛燦々

青春はあなたを捜す旅でした

めぐり逢いそれから川になりました

生きるのはここです妻と描いた円

借りと貸し夫婦が縄になってゆく

妻へ注ぐ酒は妻へのてがみです

響き合ういのちペアグラスの海よ

苦と楽の接ぎ木夫婦の花が咲く

これは花夫婦で生きた笑い皺

茶漬碗鳴らす夫婦の音合わせ

確かなる契り夫婦の飯を盛る
連れ添うた時を刻んでいく茶碗
いちにちをたたむ夫婦の茶にたたむ

夫婦愛ここが地球の一番地

アイコデショ昏れる夫婦の愛ひと日

ステップはスローふたりの粥を炊く

呼べば居るここに夫婦の森がある
優しさの深さ夫婦の井戸がある
大根が煮えて夫婦のいろになる

向き合ったいのちは朱色箸二膳

ひらがなの余韻二膳の箸洗う

描くのはいのちの絵巻碗ふたつ

一人は風にひとりは花になる夫婦

重なった指紋夫婦の花が咲く

凡ミスを分ける夫婦の皿がある

今日生きて夫婦の蔵に一を足す

水の澄む音です夫婦分かりあう

明日の坂照らす夫婦の篝火よ

長いながい縄は夫婦の会話です
向き合って生きた証の碗二つ
奏であういのち夫婦の箸と碗

お茶二つこれは夫婦のラブシーン

茶柱を杖に夫婦の絵をめぐる

歳月の香り夫婦が熟れてくる

夫婦愛酸味ほど良くなりました

夫婦仲水が平らなまま昏れる

今日生きて栞にはさむ夫婦仲

熱燗で妻が点滴してくれる

一本の矢ですハンカチ妻が出す

痒い背に妻の片手が置いてある

花咲いた朝には直る夫婦仲
仲直り形状記憶です夫婦
老いてなお生きるとろ火の夫婦仲

朱をたたむ夫婦の美しき寡黙

老いてこそ朱色夫婦の深い刻

ゆっくりとワルツふたりで老いてゆく

常温の愛です共に老いました
にんげんの絶景になる老いふたり
満ち潮は朱色夫婦の五十年

しあわせの種です妻と蒔く指紋

ありがとう言わぬが妻へ向いている

俺だけの道の駅です妻の酌

ふりがなの優しさに似る妻の酌

背に海のひたひた還る妻の酌

ひらがなになろうよ妻へ酒を注ぐ

いくさする寒さに妻の名を灯す

地吹雪にちちらちら妻の灯が見える

生きてゆく坂四季咲きの妻がいる

愛でしたことばの長い旅でした
にんげんの器を愛が深くする
めぐりあう愛にんげんの錨です

あなたです私の愛の緯度経度

愛はいつも揺らいで薔薇の香りする

信じてることば磨いていますす愛

熟れている愛にんげんの匂いです
それは火の想いてがみとゆく指紋
日めくりは引き算愛は足してゆく

黒髪を梳いて火になる花になる

赤絵の具溶いて人恋う冬のゆび

花咲いて逢いたい人の名をこぼす

ゆらゆらと愛は火の名になってゆく
降る雪は炎逢いたい人がいる
人ひとり信じる愛という臓器

髪を梳くあなたへてがみ書くように

人を恋う雪ひらひらと花になる

愛はまっすぐことばの海へ伸びてゆく

一人の男ひとりの女愛は道
花を摘む火を摘むスキと言うために
抱擁に海の深さを確かめる

愛にあることばの美しい飛形

ひらがなの流れる音が愛にある

語るほど愛は祭りになってゆく

極上の酸素を吸っています愛

愛はゆっくりいのち二つを海にする

にんげんの平野一途な愛が咲く

冬支度人の温さを溜めておく

つなぐ手は愛ですヒートテックです

冬から春へ人のこころも愛になる

おんな坂愛は火のとき雪のとき
髪を梳くかたちは祈りおんな坂
愛を描くおんなの眉と母の眉

荷が一つ母の温度のまま届く

おにぎりの円周率は母の愛

にんげんを超えて不滅の母になる

これは血の温度母から来たてがみ
血の音よ宛名に記す母の名よ
母の名を書くと聴こえる子守唄

受話器から母の両手が伸びてくる

子に残す母の証の子守唄

半分も書けぬ愛です母のペン

母の愛乳房二つに書き切れぬ

湯元ですかけ流しです母の愛

風呂敷のやさしさ母という盆地

書き終えたペンにまだある母の愛

証人は水しか居ない母のゆび

仕舞風呂母の夕日が湯に沈む

子の見える窓辺で母は老いてゆく

母の背のまるさ祈りのまま老いる

つらぽたぽた母の両手に還る音

雨はひらがな亡母のてがみを読むように

めぐる季の絵よ亡父の背よ亡母の手よ

雪国に母のかたちで春がくる

抱いて抱いて孫と描いていく未来
子も孫も抱いた両手にある花野
てのひらに満ちる子の花孫の花

産声は船出いのちの帆を揚げる

子へ孫へ大玉送りする朝日

あやとりの糸を流れていく系譜

海の章

いのちの祭り

生きるとは祭りだ飯が炊き上がる

天と地に見せるオトコの骨の舞

生き様のうたよ血の音骨の音

生きてゆく絵よ一対の首と碗

風雪を切り裂くいっぽんの背骨

どん底で漉く一枚の再生紙

燃えてこそ命オトコの火吹竹

吸ったのは風吐いたのは炎

喜怒哀楽オトコの棚田です背中

一本の樹です背骨の名はオトコ

絡む風呑み込み男樹になった

樹になって掴むオトコの天がある

風の樹にオトコ結びにするいのち

風を着る火を抱く背骨立てながら

落日を呑み込む一畳の背中

透明になるまで哭いたのです海
哭く前のかたちに海が戻れない
海鳴りに問われているのです勇気

器とはかなしきものよ零す海

のし紙を貼る一発の弾丸よ

さようなら水のかたちに書きました

勇気積む背よ職業はオトコです

背の骨にある一本の樹の勇気

この道を生きる拳のままの挙手

緞帳は火の絵男の背に吊す

男坂骨の鳴る音生きる音

米櫃の中に転がす鬼の首

神に問う手紙一合米を研ぐ

いのち焚く火の粉と上る男坂

決断の刻よオトコの骨が鳴る

正論はいつも天日で干している

今日生きた男の錨です夕日

蒼天の駅へ男の貨車が発つ

正論の前篝火が置いてある
決断の背から生まれて行く大河
水は正論やがて大河の名を飾る

生き様の背中に俺の句碑がある

決断のとき一本の釘になる

真っ直ぐに生きて夕日に名を刻む

俺という器の底を洗う酒

酒を注ぎ生きる稽古をしています

飯の艶土の温度を忘れない

一歩目の靴が勇気の封を切る

明日は野に放つ炎を抱いて寝る

ほほえみは拳二つの中にある

風一揆父のいくさの火吹竹

てのひらの原野に父の樹を立てる

足跡の深さよ父の火のページ

父の絵は命のつづく限り海

太陽の軌道に父の靴がある

積んである夕日が父の背で熟す

父の日を酔うてあしたは龍になる

寝返りの父に鞴（ふいご）の音がある

父の絵に男結びの火を溜める

米櫃を父のかたちにまで満たす

二つある拳は父の火打ち石

血はいつも鬼の火よりも熱くする

春夏秋冬酒が男を風にする
老いてなお海藍色に背を染める
目指すのは天樹のように火のように

切り札は見せぬ握手の中の霧

盃に幾度か降りた駅がある

男酒やがて火になる風になる

偏差値よ天の高さは同じです
禁固刑ですか独りで老いる部屋
独り住みひとりの音と生きてゆく

にんげんらしく生きて歪な円を描く

にんげんの積木いくつも欲を積む

人生の絵よ渋柿が背に残る

窓開けてわたしの天に署名する

いのち真っ直ぐ月の歩幅と陽の歩幅

研ぐ米に朝日と夕日予約する

脈搏は火の音ゆめと生きてゆく

生きていく炎のかたちです軍手

落日を抱いてひと日を炊き上げる

にんげんは奴隷時計に鞭がある
束ねると汗の匂いを消す紙幣
天仰ぐ石が男の貌になる

にんげんの地図に握手の橋がある

弱虫は居ない拳になった指

生きる背に溜める夕日の認め印

薔薇が咲き揃うとやがて兵になる
にんげんの怖さを語る兵器たち
短い鉛筆に真実が残る

笑ってはならぬ所で笑う冬

髪を切り冬のことばを消してゆく

天と地を結んで春の種を蒔く

水にあるつららになった時の傷
無罪です水に還っていくつらら
白いまま生きてゆきたいのです紙

産声の舞台よ天の幕が開く

命名のいのちよ響けそこは天

子よゆめよ大を呑み込め鯉のぼり

少年の起立一気に天を呑む

少年の春まみどりになる勇気

森になる青さ少年たちの挙手

少年もラムネの泡も未知へ発つ

蒼天をむさばる少年の背骨

少年の朝を起こしにくる未来

夢の章

朱鷺よ舞え

朱鷺飛翔　島が未来のいろになる

結びあう朱鷺の未来と佐渡の夢

カンゾウに見惚れる朱鷺のひと休み

朱鷺の群れ人の群れあり島みどり

朱鷺の舞う空へ実りの穂が伸びる

その先は未来　祈りの朱鷺放つ

朱鷺群れておけさ踊りの輪をつくる

ひかりあういのち　地に人天に朱鷺

あとがき

人から川柳を俳句と言われたり、「川柳と俳句はどう違うの」と聞かれたりします。このような反応の中で、川柳を多くの方に触れて貰いたい、理解して貰いたいという思いもあって、今回電子書籍での句集を発刊いたしました。
皆様には、それを小冊子にしてお届けした次第です。勿論、私の作品だけで川柳を語れない事は承知していますが、一人の生き様として、ささやかな普及活動の一つとしてご理解の上、ご笑覧いただければ幸いです。

さて、いま川柳の世界には、「大衆川柳」と「文芸川柳」があって、それぞれ趣が違う中で世間の関心が高まり、川柳全体が認知されるようになりました。そんな中、大衆川柳は企業や各種機関の一般募集が多く、一部には駄洒落とか言葉遊び、更には人を笑い物にするような句もあり、残念に思っています。

これには、「笑えれば何でもいい」という、品格に欠けたユーモアに問題点があり、これが川柳だとそのまま世間に根付く事を危惧しているところです。

一方文芸川柳は、「にんげんのうた」として、健全なユーモアと風刺精神を基本としながら、喜怒哀楽等の人間の内面を深掘りして、人にあるおかしさと、生きる喜びや愛の感動を詠い、人を尊重する中で人間の本質を表現する文学を目指しています。

今後は、大衆川柳も文芸川柳も「川柳は人間がにんげんを楽しむ文芸である」という共通の立場を大切にして、つくる人も、見て楽しんでくれる人々にも、日常生活の中に普段着の文芸として、息づく事を心から願っています。

文芸としての川柳、文学としての川柳、日常文化としての川柳は、必ず人を豊かにしてくれます。私も全日本川柳協会の組織に属する複数の川柳社で活動をしていますが、これからも自分を高めながら、普及活動と文芸川柳の露出度アップに取り組みたいと考えています。

また、地に足を付けた活動として、佐渡産川柳の増産と川柳の地産地消から生まれる文化豊かな環境づくりを目標に、地域社会と共に歩んでまいります。

この句集が丁度、八十歳の節目に発刊できた事は誠に幸せの限りです。

振り返ってみると、人生の基盤は良妻に恵まれた事、更に職場にも恵まれて、五十八余年に亘り精勤した事でした。これを背景に、人生の前半は社会体育活動、後半は文芸活動にと、充実した日々を過ごす事ができました。

これは一偏に、皆様からの温かいお力添えのお陰です。

衷心より感謝いたしますと共に、尚一層のご厚情をお願い申し上げ、結びといたします。

歳月に焚く篝火よまだ傘寿

二〇一七年十月二十八日（記念の誕生日に）

佐渡国川柳村

若林 柳一

●著者略歴

若林柳一（わかばやし・りゅういち）

本名　肇
平成４年、社会体育活動により文部大臣表彰
体育指導委員協議会佐渡地区会長、県副会長
佐渡市スポーツ振興審議会会長、佐渡テレビジョン代表取締役社長を歴任

平成９年、新潟川柳祭りにて３度目の県知事賞、同19年ＮＨＫ全国大会大会大賞、26年神戸市長賞、29年全日本川柳大会にて３度目の大会賞を受賞。柳都川柳社、ふあうすと川柳社、新潟川柳文芸社各同人。新潟日報社「島の文芸」選者。岡山県に句碑がある。

川柳にんげんのうた

○

2018年 1月 1日　初　版

著　者
若　林　柳　一

発行人
松　岡　恭　子

発行所
新　葉　館　出　版
大阪市東成区玉津１丁目9-16 4F　〒537-0023
TEL06-4259-3777㈹　FAX06-4259-3888
http://shinyokan.jp/

○

定価はカバーに表示してあります。

ISBN978-4-86044-814-1